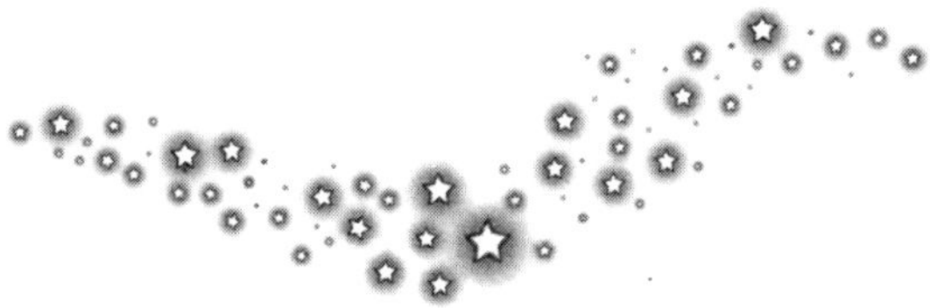

Linda Chapman

Sternenfohlen
Ein magisches Fest

Aus dem Englischen von Ursula Rasch

KOSMOS

Umschlaggestaltung von Carmen Oberzaucher, Wien,
unter Verwendung einer Illustration von Carolin Ina Schröter
Innenillustrationen von Carolin Ina Schröter, Berlin
Aus dem Englischen übersetzt von Ursula Rasch

Besonderer Dank an Lucy Courtenay

Titel der englischen Originalausgabe:
Linda Chapman: Unicorn School – The Sports Day

„Ein magisches Fest" ist der 11. Band der Reihe „Sternenfohlen".
Weitere Titel der Reihe siehe auch S. 111

Gedruckt auf chlorfrei gebleichtem Papier

1. Auflage

ISBN 978-3-440-12344-7

Redaktion: Cordula Setsman
Grundlayout: DOPPELPUNKT, Stuttgart
Produktion: DOPPELPUNKT, Stuttgart
Printed in the Czech Republic / Imprimé en République tchèque

1

Im Redaktionsraum der Einhornschule war es laut und es roch unangenehm. Das lag an der frischen Druckerschwärze und dem Lärm der Pressen, die gerade die wöchentliche Schülerzeitung druckten. Aber Wolke war immer gerne dort.

Wolke war acht Jahre alt — ein schneeweißes Einhorn mit einem kurzen, funkelnden Horn. Sie war klein für ihr Alter, aber da sie ältere Brüder hatte, war sie durchaus hart im Nehmen. Zu Beginn des zweiten Schuljahres hatte sie sich dem Team der Schülerzeitung angeschlossen, weil sie neue Herausforderungen mochte. Und ihr Job als Kummerkastentante bei der Schülerzeitung war auf jeden Fall eine Herausforderung!

Ein ganzer Stapel von Briefen lag vor ihr. Für die aktuelle Ausgabe der Schülerzeitung musste sie alle beantworten. Wolke las den ersten sorgfältig durch:

„Ich bin neu an der Einhornschule und in den meisten Fächern nicht besonders gut. Ich wäre so gerne irgendwo die Beste, besser als alle anderen. Was soll ich nur tun?“, stand dort.

Wolke drehte den Kopf zur Seite und zeigte mit ihrem Horn auf einen Stapel mit frischem, unbeschriebenem Papier. Das oberste Blatt flatterte in die Luft und landete direkt vor ihr auf dem Tisch. Während sie ihr Horn darauf richtete, überlegte sie sich, was sie antworten könnte. Wie von Zauberhand erschienen die Worte auf dem Papier:

„Nicht jeder kann der Beste sein. Warum versuchst du nicht einfach, dich selbst zu übertreffen? Denk an die Noten, die du in letzter Zeit bekommen hast. Was meinst du – könntest du das nächste Mal noch besser sein? Ich glaube, dass du das schaffst!“

Als Wolke hinter sich Hufgeklapper hörte, wandte sie sich um. Ein langbeiniges Einhorn mit einer blassgrauen Mähne stand in der Tür. Es war Dora, Hausvorstand des Regenbogenhauses.

Dora war in der fünften Klasse. Wolke kannte sie gut, weil sie ebenfalls im Regenbogenhaus wohnte. Und Wolke hatte großen Respekt vor dem älteren Einhornmädchen. Immerhin wurden nur die Besten Vorstände ihrer Häuser.

„Hallo, Dora“, sagte Wolke schüchtern. „Suchst du jemanden?“

„Vielleicht kannst du mir helfen, Wolke“, erwiderte Dora. „Ich bin auf der Suche nach alten Fotos.“

„Kein Problem“, antwortete Wolke eifrig. „Unser Archiv ist in dem Schrank dort drüben.“

Geschmeichelt, dass sie helfen konnte, trabte Wolke zum Archivschrank hinüber. Dora folgte ihr. Das ältere Einhornmädchen riss erstaunt die Augen auf, als sie die zahllosen alten Zeitungen und Schachteln mit Fotos sah, die sich in dem Schrank stapelten.

„Welche Fotos brauchst du denn genau?“, fragte Wolke.

„Ich suche Bilder von alten Hausvorständen“, erklärte Dora. „Aber ich weiß wirklich nicht, wie ich hier etwas finden soll. Da ist so viel!“

Wolke machte eine magische Bewegung mit ihrem Horn. Daraufhin erhob sich eine Schachtel mit Fotos aus dem Schrank und landete sanft auf einem der Schreibtische. „Wir können ja mit diesen hier anfangen“, schlug Wolke vor.

Gemeinsam begannen sie, die Fotos durchzusehen. Wenn sie etwas Interessantes fanden, legten sie es zur Seite. Bald schon hatten sie eine große Auswahl an Bildern zusammengestellt.

„Perfekt“, meinte Dora schließlich und seufzte zufrieden.

„Wozu brauchst du denn die Bilder?“, fragte Wolke neugierig.

„Das wirst du morgen erfahren“, antwortete Dora und zwinkerte ihr verschwörerisch zu. „Das Trihorn wird beim Frühstück eine Ankündigung machen. Danke für deine große Hilfe, Wolke.“ Dann fuhr sie mit ihrem Horn über die aufgestapelten Bilder. Sie flatterten in die Höhe und flogen wie ein Vogelschwarm zur Türe hinaus. Dora trabte ihnen hinterher.

Das Trihorn war der Direktor der Einhornschule. Wolke war ganz aufgeregt. Dora hatte so geheimnisvoll getan. Was würde das Trihorn wohl ankündigen?

„Magst du dein Frühstück nicht, Wolke?“, fragte ihr Freund Sturmwind am nächsten Tag.

„Ich esse es schon noch", erwiderte Wolke ungeduldig. Der Frühstücksbrei in ihrem Silbereimer war tatsächlich fast noch unberührt, weil sie dauernd zum Trihorn hinübersah. „Ich warte doch nur auf die Ankündigung des Trihorns. Bist du denn gar nicht gespannt? Und was, meinst du, verbirgt sich wohl unter dem großen violetten Tuch?"

Das violette Tuch verhüllte einen Gegenstand auf dem vordersten Tisch. Deswegen hatten die Einhornschüler schon den ganzen Morgen neugierige Blicke in diese Richtung geworfen.

„Ich habe einfach einen Riesenhunger", seufzte Sturmwind.

Wolke riss sich vom Trihorn und dem violetten Tuch los und steckte stattdessen ihre Nase in den dampfenden Haferbrei in ihrem Silbereimer. Auch Sturmwind versenkte seine große Nase wieder in seinem eigenen

Eimer, um nachzusehen, ob er auch keine Breireste übersehen hatte.

„Ich glaube ja, dass das Regenbogenhaus irgendeinen Preis gewonnen hat", vermutete Mondstrahl, ein muskulöses Einhorn mit pechschwarzem Fell. „Schließlich sind wir das beste Haus der Schule."

Aber Wolke schüttelte den Kopf. „Dora hat nicht nur Bilder vom Regenbogenhaus rausgesucht. Sie hat ganz unterschiedliche Fotos mitgenommen."

„Es muss mit der ganzen Einhornschule zu tun haben", meldete sich Saphira, ein hübsches Einhornmädchen mit langer silbriger Mähne zu Wort. Sie stand neben ihren Freunden am Frühstückstisch.

„Das glaube ich auch", rief Stella und schüttelte ihre seidige Mähne. „Vielleicht werden ja die neuen Vorstände unserer Häuser bekannt gegeben."

Wolke überlegte, ob Stella recht haben könnte. Aber normalerweise wurden die neuen Vorstände erst am Ende des Schuljahres gewählt.

Das Trihorn stampfte mit seinem goldenen Huf auf. Wolke hob aufgeregt den Kopf, als vier Einhörner zum vordersten Tisch schritten. Dora führte sie an, von allen Einhornschülern aufmerksam beobachtet. Ihr folgten die Vorstände von Sonnenhaus, Mondhaus und Sternenhaus. Alle vier stellten sich neben dem Trihorn auf.

Das Trihorn lächelte den Einhornschülern vor sich zu, die es gespannt ansahen. Dann wandte es den Kopf und hob mit seinem wundervollen, in Gold, Silber und Bronze gestreiften Horn eine Ecke des violetten Tuchs an, ehe es das Tuch ganz wegzog.

Damit enthüllte es eine ganze Reihe von Bildern. Wolke erkannte einige der Fotos wieder, die Dora tags zuvor ausgesucht hatte. Die übrigen Bilder stammten offensichtlich von den anderen Hausvorständen. Man konnte darauf Mitglieder der verschiedenen Häuser bei Wettkämpfen oder Paraden sehen. Einige der Einhörner bekamen gerade goldene Pokale überreicht. Wolke entdeckte sogar ein Bild aus dem königlichen Palast, wo Einhornschüler mit besonderen Medaillen ausgezeichnet worden waren.

„Es ist an der Zeit", verkündete das Trihorn, „dass die Vorstände der Häuser ihre Lehrlinge auswählen."

Aufgeregt schnappten die Einhornschüler auf der Mondscheinwiese nach Luft. Wolke sah ihre Freunde an und lächelte. Stella hatte mit ihrer Vermutung also fast richtiggelegen!

„Aus jedem Haus werden wir einen Zweitklässler auswählen", fuhr das Trihorn fort.

„Diese vier begleiten unsere Vorstände im kommenden Schuljahr. Dabei werden sie lernen, wie man ein guter Hausvorstand wird. Außerdem sollen sie die älteren Einhörner im Sommer während der Prüfungszeit entlasten."

Wolke zuckte zusammen. Zweitklässler? Das betraf ja ihren Jahrgang!

Das Trihorn zeigte hinter sich auf die Tafel. „Das Leben als Vorstand bedeutet viel Arbeit, aber es macht auch Spaß und lohnt sich. Alle Zweitklässler, die sich dafür interessieren, können sich beim Sprechenden Baum eintragen. Daraufhin werdet ihr zu einem Treffen eingeladen, bei dem euch die Hausvorstände erklären, was ihre Aufgaben sind und wie sie ihre Lehrlinge auswählen werden."

Alle drehten sich zum Versammlungsplatz um, auf dem der große Sprechende Baum stand. Einige Einhornschüler verließen sofort den Frühstückstisch und liefen hinüber, um sich einzutragen.

„Ich bin noch nicht fertig", mahnte das Trihorn.

Gelächter war zu hören, als die Übereifrigen verlegen an ihre Tische zurückkehrten.

„Am Sprechenden Baum werdet ihr außerdem auch noch andere Listen finden", fuhr das Trihorn fort, als wieder Ruhe eingekehrt war. „Ihr müsst euch nämlich auch fürs Sportfest eintragen, das in vier Wochen stattfinden wird." Dann neigte er lächelnd den Kopf. „Jetzt dürft ihr aufstehen und euch eintragen."

Wolke wandte sich eifrig zu ihren Freunden um, während um sie herum alle gleichzeitig anfingen zu reden.

„Kommt mit zum Sprechenden Baum!", rief sie mit leuchtenden Augen.

Sie konnte es kaum erwarten, sich für das Sportfest einzutragen. Und vielleicht könnte sie sich ja auch als Doras Lehrling bewerben. Es wäre toll, wenn sie ausgewählt werden würde!

2

Der Sprechende Baum war so alt wie die Schule selbst. Er breitete seine knorrigen Äste wie mächtige Arme aus. Im Sommer spendete er den Einhörnern mit seinen silbrig-grünen Blättern Schatten und im Winter schmückte er sich mit glitzerndem Schnee.

Mehrere Pergamentstücke hingen am Stamm des Sprechenden Baumes. Auf einigen standen Sachen wie Hufeisenwerfen, Formationsflug und Sechs-Beine-Rennen. Das waren offensichtlich die Listen fürs Sportfest. Wolke kicherte beim Gedanken an ein Rennen, bei dem sie mit je einem Vorder- und Hinterbein an ein anderes Einhorn gebunden war. Das erschien ihr unmöglich.

„Seht nur!“, rief Saphira und deutete mit ihrem Horn auf die Listen. „Da sind schon Namen eingetragen!“

„Ist doch klar“, erwiderte Mondstrahl. „Hast du nicht gesehen, wie viele Einhornschüler direkt nach dem Frühstück herübergelaufen sind? Ich melde mich für alles an!“

Damit trat er vor und berührte mit seinem Horn die Liste fürs Hufeisenwerfen. Sein Name erschien mit einem Zischen und Funkeln auf der Liste. Dann trug er sich auch noch beim Formationsflug, Wettfliegen und Sechs-Beine-Rennen ein.

„Du kannst dich doch nicht für alles anmelden, Mondstrahl!“, protestierte Sturmwind.

Mondstrahl hielt inne, mit dem Horn über der Liste für den Eierlauf. „Warum denn nicht? Ich bin in allen Sportarten sehr gut.“

„Hier steht, dass man sich nur für vier Kategorien anmelden darf“, wandte Wolke ein.

Überrascht sah Mondstrahl auf den Zettel mit den Regeln. Dann nahm er seufzend sein Horn wieder von der Liste mit dem Eierlauf und trat zurück, um seinen Freunden Platz zu machen.

„Saphira, magst du mit mir beim Sechs-Beine-Rennen mitmachen?“, fragte Stella.

Saphira sagte lachend zu: „Au ja, das wird bestimmt ein großer Spaß.“

„Und du, Wolke, meldest du dich für irgendetwas an?“, fragte Sturmwind.

Wolke sah sich die Listen aufmerksam an. „Ich probier den Eierlauf“, meinte sie schließlich. „Und du?“

„Das Hufeisenwerfen“, sagte Sturmwind. „Da kann ich meine ganze Kraft endlich einmal brauchen.“ Sturmwind war der größte Zweitklässler, was ihm oft unangenehm war.

„Das stimmt! Darin bist du bestimmt sehr gut“, antwortete Mondstrahl. „Aber auf keinen Fall besser als ich“, fügte er schnell hinzu.

Wolke verdrehte die Augen. Mondstrahl musste immer der Beste sein!

Dann meldeten sich auch Wolke und Sturmwind noch fürs Sportfest an. Wolke machte einen kleinen aufgeregten Luftsprung. Das Sportfest würde in diesem Jahr bestimmt ganz toll werden!

„Und wer bewirbt sich als Doras Lehrling?“, fragte Stella.

Wolke zögerte und überlegte, ob sie es versuchen sollte. Eigentlich war sie der Meinung, dass sie ein guter Vorstand sein könnte.

„Ich auf jeden Fall“, erklärte Mondstrahl. „Mein Vater war Hausvorstand und deswegen sollte ich dieses Amt auch übernehmen.“

Mondstrahls Vater war der König von Arkadia und Mondstrahl somit ein echter Prinz.

„Aber vielleicht wirst du gar nicht ausgewählt", warnte ihn Stella, als sich Mondstrahl mit seinem Horn in die Liste eintrug.

„Also, ich möchte das nicht machen", sagte Saphira mit einem Schauer. „Ständig muss man sich vor alle hinstellen und Reden halten. Das wäre ganz schrecklich für mich!"

Wolke sah Stella gespannt an. Stella war sehr selbstbewusst und Wolke war sich sicher, dass sie sich bewerben würde. Aber Stella überraschte sie.

„Ich glaube, das ist nichts für mich", erklärte das kleine rosige Einhornmädchen und schüttelte die Mähne. „Ich bin nicht so gut im Organisieren."

„Also, ich würde es gerne versuchen", beschloss Sturmwind. Er sah betreten zu Boden, als ihn seine Freunde überrascht anstarrten. „Ich würde mich gerne um die jüngeren Einhornschüler kümmern“, erklärte er.

„Das würdest du bestimmt sehr gut machen“, bestärkte ihn Wolke herzlich. „Du auch, Mondstrahl. Und ich werde mich auch bewerben. Wer weiß, vielleicht klappt es ja.“ Damit senkte sie ihr Horn auf die Liste.

Das erste Treffen der Hausvorstände mit den Bewerbern fand am nächsten Tag nach dem Mittagessen statt. Wolke, Sturmwind und Mondstrahl machten sich auf den Weg, um Dora am Strand zu treffen.

„Ich bin ja gespannt, wie viele Einhörner vom Regenbogenhaus sich beworben haben“, überlegte Wolke, als sie von der Mondscheinwiese trabten. Am Vorabend war die Liste vom Sprechenden Baum abgenommen worden, sodass sie nicht wussten, gegen wie viele Zweitklässler sie antreten mussten.

„Wahrscheinlich eine ganze Menge“, vermutete Mondstrahl.

Wolke merkte, wie sie allmählich nervös wurde. Was für eine verrückte Idee, zu meinen, dass Dora ausgerechnet sie als Lehrling haben wollte! Plötzlich schien es ihr durchaus reizvoll, die Mittagspause mit Stella und Saphira auf der Flugheide zu verbringen.

„Wie wird Dora wohl ihre Entscheidung treffen?“, fragte Sturmwind. Wolke spürte, dass er ebenfalls nervös wurde.

„Keine Ahnung“, antwortete Mondstrahl. „Aber es gibt nur einen Weg, um das herauszufinden“, rief er ihnen über die Schulter zu. „Wer läuft mit mir um die Wette zum Strand?“

Wolke vergaß ihre Aufregung und raste mit Mondstrahl durch den Sand, obwohl sie mit ihren kurzen Beinen keine echte Chance hatte. Sturmwind galoppierte hinter ihnen her. Atemlos und lachend kamen sie beim Meer des Schweigens an. Wolke sah sich um. Der Strand war leer.

„Wo sind denn alle?“, fragte sie verwundert.

„Zu spät dran?“, vermutete Sturmwind.

Wolke sah Mondstrahl an. „Bist du dir sicher, dass auf der Liste stand, dass wir uns am Strand treffen?“

Mondstrahl nickte. „Sie kommen bestimmt gleich.“ Dann bespritzte er Wolke mit Wasser, sodass sie ganz nasse Beine hatte. Ausgelassen lachend spritzte Wolke zurück. Plötzlich tauchte Dora hinter einer Sanddüne auf und lief auf sie zu.

„Hallo, ihr drei!“, begrüßte sie lächelnd die jüngeren Einhörner. „Danke, dass ihr gekommen seid.“

Wolke sah an Dora vorbei, weil sie erwartete, dass ihr andere Einhörner folgen würden. Aber da war niemand.

„Also“, rief Dora munter. „Dann fangen wir gleich an.“

„Sollen wir nicht auf die anderen warten?“, fragte Mondstrahl überrascht.

Dora lachte. „Es gibt keine anderen. Ihr

seid die einzigen Zweitklässler vom Regenbogenhaus, die sich eingetragen haben.“

Wolke blinzelte erstaunt. Aber das hieß ja …

„Tja“, stellte Dora fest, „es sieht so aus, als ob mein Lehrling einer von euch dreien sein wird!“

3

„Na, so was!“, rief Wolke. „Ich kann das gar nicht glauben. Einer von uns wird der nächste Hausvorstand!“

„So sieht es aus“, meinte Dora.

„Cool“, sagte Mondstrahl grinsend.

Wolke fühlte sich vor Aufregung ganz schwindlig. Als sie sich auf der Liste eingetragen hatte, war es irgendwie unwirklich gewesen. Aber jetzt sah die Sache ganz anders aus. Sie blickte zu Sturmwind hinüber. Auch er wirkte wie betäubt.

„Machen wir doch einen kleinen Spaziergang, während ich euch von den Pflichten eines Hausvorstandes erzähle“, sagte Dora.

Sie begann, durch die Wellen auf die Rosenquarzklippen zuzulaufen. Eifrig folgten ihr Wolke und die anderen.

„Wir helfen mit bei der Organisation von allen möglichen Unternehmungen“, begann Dora. „Sportfeste, Partys und Ausflüge. Alle Aktivitäten, an denen die verschiedenen Häuser der Einhornschule beteiligt sind.“

„Das klingt richtig toll!“, rief Mondstrahl begeistert.

„Außerdem müssen wir uns um die Einhörner in unseren Häusern kümmern“, fuhr Dora fort. „Das kann alles Mögliche sein: Wir trösten Schüler, die Heimweh haben, schlichten Streit oder helfen, wenn jemand geärgert wird. Außerdem unterstützen wir die Lehrer in Sachen Disziplin.“

„Disziplin?“ Wolke runzelte fragend die Stirn.

„Wenn Schüler ungezogen sind“, erklärte

Dora, „dann kontrollieren wir, dass sie auch wirklich ihre Strafen absitzen, solche Sachen. Das kann ganz schön knifflig sein."

„Was ist, wenn man Freunde zurechtweisen muss?", fragte Sturmwind beunruhigt.

„Das kann auch mal passieren", gab Dora zu. „Das ist sicherlich nicht schön, aber es gehört zu den Pflichten eines Vorstandes. Man muss streng, aber gerecht sein, wenn es darauf ankommt. Nur so kann man sich den Respekt seines Hauses verdienen. Denn ohne den Respekt seiner Mitschüler kann ein Hausvorstand nichts erreichen."

Wolke schluckte. Die Aufgaben eines Vorstandes waren viel schwieriger, als sie gedacht hatte.

Dora lächelte ermutigend. „Aber es gibt auch viel Schönes. Wir führen die Schulparaden an und repräsentieren unser Haus bei besonderen Anlässen. Das Sportfest ist ein

gutes Beispiel. Da darf ich den Siegern aus dem Regenbogenhaus die Medaillen überreichen."

„Das würde mir gefallen. Ich bin an Aufmerksamkeit gewöhnt", erklärte Mondstrahl. Als Prinz von Arkadia hatte Mondstrahl bereits an verschiedenen Staatsbesuchen teilgenommen.

Wolke und Sturmwind sahen sich beunruhigt an. Mondstrahl schien wirklich die perfekte Besetzung für einen Hausvorstand zu sein. Nicht zum ersten Mal fragte sich Wolke, ob es naiv gewesen war, sich überhaupt dafür zu bewerben.

„Aber es besteht nicht nur aus der glamourösen Seite", erinnerte Dora Mondstrahl. „Es gibt auch viel Unangenehmes zu erledigen. Meint ihr, ihr könntet beides schaffen?"

Mondstrahl nickte. Nach einer kurzen Pause bejahten auch Sturmwind und Wolke.

„Jeder von euch wird für die Vorbereitungen zum Sportfest eine Aufgabe gestellt bekommen", erklärte Dora. „Dabei möchte ich herausfinden, ob ihr die nötigen Fähigkeiten für einen Hausvorstand habt. Mondstrahl, ich möchte, dass du Übungsstunden für einige der Sportdisziplinen leitest. Du musst dich darum kümmern, dass die Flugheide frei ist in der Zeit, in der du Übungsstunden ansetzt. Außerdem sollst du deine Teams, so gut es geht, unterstützen.“

Mondstrahl war begeistert: „Super!“

Dann wandte sich Dora an Sturmwind. „Dich möchte ich bitten, eine Gruppe von Schülern zusammenzustellen, die Fähnchen für die Regenbogenhaus-Fans basteln und bemalen. Dazu musst du den Kunstsaal reservieren und im Regenbogenhaus einen Aushang machen.“

Sturmwind dachte kurz darüber nach. „Gut“, sagte er mit einem Nicken. „Das mache ich gerne.“

Wolke hielt den Atem an, als Dora sich ihr zuwandte.

„Wolke, deine Aufgabe ist es, die Medaillen für die Sieger zu organisieren. Du musst sie rechtzeitig bestellen und aufpassen, dass es genug sind für alle Sportarten.“

Wolke schluckte und nickte. Das klang ja nicht besonders schwierig.

„Ist jedem klar, was er zu tun hat?“, fragte Dora.

„Jawohl!“, rief Mondstrahl.

„Natürlich“, antwortete Sturmwind.

„Ich denke schon“, meinte Wolke.

„Das schafft ihr bestimmt“, versicherte Dora ihr. „So, jetzt muss ich los. Ich hab einen Termin beim Trihorn. Bis bald!“

Die langbeinige Fünftklässlerin nickte ihnen zu, dann galoppierte sie zurück zum Strand.

„Das wird bestimmt richtig toll!“, rief Mondstrahl glücklich. „Ich werde die Flugheide jeden Tag nach dem Unterricht für unser Flugteam reservieren. In diesem Jahr werden wir alles gewinnen! Ihr werdet schon sehen!“ Triumphierend sauste er davon.

„Wie findest du deine Aufgabe?“, fragte

Wolke Sturmwind, sobald Mondstrahl weg war. „Falls du mich brauchst, könnte ich dir helfen."

„Das ist nett", antwortete Sturmwind dankbar. „Sobald ich den Kunstsaal belegt habe, wäre ich froh, wenn du beim Malen helfen würdest."

Wolke rieb ihre kleine Nase an Sturmwinds großer Nase. „Das mache ich natürlich", versprach sie.

„Und wie geht es dir?", fragte Sturmwind, als sie gemeinsam den Strand verließen.

Plötzlich war Wolke unsicher. Woher sollte sie wissen, wie viele Medaillen sie brauchen würden? Sie hatte keine Ahnung, wie viele Wettbewerbe es geben würde, und sie wusste auch nicht, bei wem sie die Medaillen bestellen konnte!

„Meinst du, ich hätte Dora gleich noch um mehr Informationen bitten sollen?", fragte sie und kaute auf ihrer Lippe herum. „Vielleicht gehörte das schon zum Test und ich hab es vermasselt!“

„Ich bin mir sicher, dass Dora alles bedacht hat“, beruhigte sie Sturmwind. „Warte einfach ab.“

Zum Glück für Wolke behielt Sturmwind recht. Als sie am selben Abend in den Stall kam, den sie mit ihren Freunden teilte, fand sie in ihrer Box eine Liste aller Sportveranstaltungen sowie die Adresse des Medaillenmachers vor. Wolke studierte die Liste sorgfältig. Es waren mehr Veranstaltungen, als sie gedacht hatte. Deshalb schnappte sie sich Papier aus dem Regal in ihrer Box und begann, selbst Listen zusammenzustellen, um ihre Gedanken zu ordnen.

„Es gibt zehn Kategorien, deswegen brauchen wir zehn Medaillen pro Farbe: Gold,

Silber und Bronze", murmelte sie vor sich hin. Wie von Zauberhand erschienen ihre Worte auf dem Papier. „Wenigstens glaube ich, dass wir jeweils zehn Medaillen brauchen", fügte sie unsicher hinzu. Auf dem Papier vor ihr begann die Zahl Zehn zu verschwimmen und verschwand allmählich wieder. „Bekommt beim Staffellauf jeder eine Medaille oder gibt es nur eine pro Team?"

Wolke beschloss, dieses Problem später noch einmal zu überdenken. Zunächst wandte sie sich den skizzierten Medaillenentwürfen zu, die Dora ihr dagelassen hatte. Es gab zwei Möglichkeiten: ein fliegendes Einhorn oder ein Einhorn, das sich gerade aufbäumte. War es wichtig, welches sie aussuchte?

Vielleicht sollten wir ja auch beide Sorten haben, überlegte Wolke. Das Einhorn, das sich aufbäumt, für die Gewinner und das fliegende Einhorn für die zweiten und dritten Plätze.

Oder würde das nur Verwirrung stiften? Und was, wenn es ein Unentschieden gäbe?

Und plötzlich war die Aufgabe, Medaillen zu bestellen, viel komplizierter, als Wolke gedacht hatte!

4

Wolke war so mit ihren Überlegungen beschäftigt, dass sie gar nicht hörte, wie Saphira und Stella in den Stall kamen.

„Hallo, Wolke“, rief Saphira.

„Brauche ich dreizehn oder vierzehn Goldmedaillen?“, murmelte Wolke gedankenversunken. Sie hatte beschlossen, dass jeder im Staffellaufteam eine Medaille bekommen sollte, aber jetzt hatte sie den Überblick verloren, wie viele sie dann insgesamt brauchte.

„Erde an Wolke?“, fragte Saphira lachend.

Wolke sah auf. „Was? Oh, hallo“, erwiderte sie abwesend. „Tut mir leid, ich versuche gerade eine Lösung zu finden, aber es ist echt kompliziert."

Stella und Saphira kamen zu ihr, um zu sehen, was sie da machte.

„Also, wenn es zehn Kategorien sind und du brauchst jeweils drei Medaillen – Gold, Silber und Bronze – für jede Kategorie, dann macht das dreißig Medaillen, oder?", rechnete Stella nach. „Drei mal zehn. Ganz einfach!"

„Aber für den Staffellauf brauchen wir zusätzliche Medaillen", wandte Wolke ein.

„Und ihr dürft nicht vergessen, dass es zwei Staffelläufe gibt", gab Saphira zu bedenken. „Einen am Boden und einen in der Luft."

Wolke sah Saphira entsetzt an. „Zwei Staffelläufe?", rief sie. „Oh nein!"

„Und für das Sechs-Beine-Rennen wirst du auch jeweils zwei Medaillen brauchen", fiel es Stella ein. „Je zwei aneinandergebundene Einhörner belegen einen ersten, zweiten und dritten Platz."

Wolke stöhnte auf. „Jetzt muss ich alles noch einmal zusammenrechnen!"

Saphira kaute auf einem Heubüschel herum. „Wir können dir helfen, das Ganze noch mal durchzugehen", bot sie an.

Wolke überlegte. Immerhin war sie in Mathe nicht besonders gut. Aber dann dachte sie an Dora und ihre Erwartungen an einen Lehrling.

„Vielen Dank, Saphira. Aber ich mach das besser alleine", antwortete sie zögernd. „Weißt du, es ist ein Teil des Tests, den Dora mir aufgegeben hat. Sie wird mich nach dem Ergebnis beurteilen."

„Du schaffst das schon." Saphira stupste sie aufmunternd an. „Stella und ich sind dann jetzt auf der Flugheide, falls du später

Wolke
Sturmwind

noch dazukommen willst. Stella möchte fürs Sportfest üben."

Lachend und plaudernd verließen Stella und Saphira den Stall. Wolke holte tief Luft und fing noch einmal von vorne an.

„Zehn Sportarten. Gold-, Silber- und Bronze-Medaillen für jede Veranstaltung, dazu die zusätzlichen für die Staffelläufe ..."

Wolke rechnete hin und her, kontrollierte und überprüfte dann alles noch einmal. Im Licht der untergehenden Sonne färbte sich der Himmel draußen allmählich orange. Erst da stand sie auf und streckte ihren schmerzenden Rücken. Jetzt war sie sich einigermaßen sicher, dass alles stimmte. Sorgfältig schrieb sie ihre Liste für den Medaillenmacher fertig und adressierte sie. Dann hob sie den Brief mit ihrem Horn auf und lief hinunter zur Elfenpost.

„Wie lange braucht mein Brief denn, bis

er ankommt?", fragte sie einen der Elfen in der Post.

„Ein paar Tage", erwiderte der Elf. Er nahm ihren Brief und stempelte ihn flink ab, ehe er ihn auf den Stapel mit der ausgehenden Post neben der Tür warf.

Wolke überlegte: Das Sportfest fand in vier Wochen statt. Dann hatte der Medaillenmacher immer noch reichlich Zeit, um die Medaillen anzufertigen. Zufrieden mit sich trabte sie hinaus. Inzwischen war es zu spät, um Saphira und Stella noch auf der Flugheide zu treffen. Stattdessen wartete Wolke, bis ihre Freunde über den rot glühenden Sonnenuntergangshimmel zurück zur Einhornschule geflogen kamen.

Am nächsten Tag beim Mittagessen machte Mondstrahl vor der versammelten Schule eine Ankündigung.

„Ich habe am Schwarzen Brett des Regenbogenhauses eine Liste aufgehängt, auf der die Übungszeiten für das Sportfest stehen“, erklärte er, als er vor den Tischen auf der Mondscheinwiese stand. „Jeder kann seine Sportart vor dem Fest ausreichend üben. Ich erwarte, dass sich viele von euch eintragen! Heute trainieren wir nach dem Unterricht den Formationsflug.“

Die Schüler des Regenbogenhauses stampften applaudierend mit den Hufen. Viele Blicke folgten Mondstrahl, als er zurück zu seinen Freunden trabte.

Wolke war beeindruckt. „Du hast das so gut wie Dora gemacht“, lobte sie. „Toll, dass du die Listen so bald schon aufgehängt hast. Ich werde mich auf jeden Fall eintragen.“

„Ich auch“, meldete sich Saphira.

„Auf mich kannst du auch zählen“, versprach Stella und auch Sturmwind nickte.

„Sehr gut“, sagte Mondstrahl munter. „Schließlich machen wir alle mit, um zu gewinnen, oder?“

Das Wetter blieb die ganze Woche schön, sodass Mondstrahl jeden Nachmittag auf der Flugheide war, um mit den Einhornschülern die unterschiedlichen Sportarten zu üben.

Am Donnerstag nach der Schule liefen Wolke, Saphira und Stella gemeinsam zur Flugheide, um für den Eierlauf zu trainieren. Dora und zwei Elfen halfen Mondstrahl bei der Organisation.

„Jeder holt sich bei den Elfen ein Ei und einen Teller!“, verkündete Dora. „Ihr müsst es bis zur Ziellinie schaffen, ohne etwas fallen zu lassen. Viel Glück!“

Die Elfen stellten vorsichtig jeweils einen Teller mit einem Ei auf den Rücken der Einhörner. Um die Startlinie drängte sich bereits eine Gruppe von aufgeregten Erstklässlern.

Saphira sah wirklich lustig aus, wie sie langsam und vorsichtig einen Teller mit einem blassblauen Ei auf ihrem Rücken balancierte. Wolke musste so laut lachen, dass sie ihr Ei beinahe verloren hätte, noch ehe es richtig losging.

„Konzentration, bitte!“, rief Mondstrahl und trabte an der Startlinie auf und ab. „Alle stellen sich in einer Reihe auf! Wolke, komm schon!“

Es war wirklich eine merkwürdige Erfahrung, einen Teller auf dem Rücken zu balancieren. Wolke konnte hören, wie das Ei hin und her rollte, wenn sie sich bewegte. Jetzt verstand sie auch, warum Saphira so langsam gegangen war!

Wolke stelle sich neben Saphira an der Startlinie auf. Mondstrahl stampfte mit den Hufen, um für Ruhe zu sorgen.

Dann rief er: „Auf die Plätze! Fertig! Los!“

Die Erstklässler schossen viel zu schnell los. Lautes Gelächter war zu hören, als das kleinste Einhorn fast sofort seinen Teller und sein Ei fallen ließ.

„Wie sollen wir dieses Rennen gewinnen, wenn das für euch nur ein Witz ist?“, schimpfte Mondstrahl. Er galoppierte zu der ungeschickten Schülerin, die bestürzt ihr zerbrochenes Ei anstarrte. „Zurück zum Start! Aber schnell!“

Die Augen der Erstklässlerin füllten sich mit Tränen. Wolke trabte zu ihr, während Mondstrahl davonstolzierte.

„Weine nicht“, sagte sie sanft und stupste das jüngere Einhornmädchen aufmunternd mit der Nase am Hals an. „Mondstrahl meint es nicht so. Er will nur unbedingt gewinnen.“

„Danke, Wolke“, schniefte die Erstklässlerin. „Ich werde mir das nächste Mal mehr Mühe geben.“

Aber es war hoffnungslos, man konnte beim Eierlauf einfach nicht ernst bleiben. Innerhalb kurzer Zeit bogen sich alle vor Lachen. Immer wieder gingen Eier zu Bruch. Und schon bald war das Gras der Flugheide mit nassen, gelben Klecksen bedeckt.

„Um Himmels willen!“, rief Mondstrahl. „Dann versuchen wir es eben mit dem Staffellauf. Vielleicht könnt ihr euch da besser konzentrieren.“

„Ich werde zu den nächsten Trainingsstunden bestimmt nicht mehr kommen, wenn er weiterhin so streng mit uns ist“, murrte ein Drittklässler und schüttelte ärgerlich die Mähne.

Wolke, die Mitleid mit Mondstrahl hatte, trabte zu ihm hinüber. Er hatte sichtbar schlechte Laune.

So fröhlich sie konnte, sagte sie: „Das hier macht echt Spaß! Toll, wie du es geschafft hast, dass so viele gekommen sind.“

„Es geht nicht um den Spaß“, brummte Mondstrahl. „Das soll eine Trainingsstunde sein.“

„Vielleicht bist du ein bisschen zu streng mit ihnen“, meinte Wolke vorsichtig.

Mondstrahl schnaubte. „ Man muss sie antreiben, um gute Ergebnisse zu bekommen“, erwiderte er unnachgiebig. „Lass mich weitermachen, Wolke. Ich weiß schon, was ich tue.“ Da war sich Wolke nicht so sicher.

5

Wolke freute sich, als sie in der folgenden Woche vom Medaillenmacher eine Antwort erhielt:

„Danke für deine Bestellung. Deine Medaillen werden am Freitag in drei Wochen an die Einhornschule geliefert."

Rasch rechnete Wolke nach. Freitag in drei Wochen ...

„Das ist ein Tag vor dem Sportfest!", rief sie überrascht. „Was für ein Glück, dass ich die Bestellung gleich abgeschickt habe!"

„Stell dir vor, du hättest den Brief auch nur

zwei Tage später geschrieben!" Saphira erschauderte.

„Dann wären die Medaillen nicht rechtzeitig hier angekommen", bestätigte Stella.

Wolke wurde bei dem Gedanken an diese Möglichkeit ganz zittrig. Mit einem solchen Fehler hätte sie niemals die Chance gehabt, Lehrling des Hausvorstands zu werden!

„Ich organisiere gerade ein Treffen zum Malen, diesen Donnerstag nach dem Unterricht", erzählte Sturmwind, als sie gemeinsam zur ersten Stunde aufs Zauberfeld trabten. „Würdet ihr kommen und mir helfen?"

Wolke malte sehr gerne. Deshalb antwortete sie sofort: „Ich bin dabei."

„Aber Mondstrahl veranstaltet am selben Tag nach dem Unterricht wieder sein Trainingsprogramm fürs Sportfest", wandte Saphira ein. „Er übt mit uns für das Sechs-Beine-Rennen, für das Stella und ich angemeldet sind. Deswegen würden wir gerne zum Training gehen. Tut mir leid, Sturmwind."

„Kein Problem." Sturmwind nickte. „Mach dir keine Gedanken. Es kommen bestimmt genügend andere Schüler zum Helfen."

„Mondstrahl lässt uns fürs Sechs-Beine-Rennen immer ewig laufen. Beim Training versteht er absolut keinen Spaß", meinte Stella seufzend.

Wolke hatte Mondstrahl in letzter Zeit überhaupt nicht viel gesehen. Und wenn er mal da war, hatte er schlechte Laune. Denn immer mehr Einhornschüler beschwerten sich, dass sein Training zu hart war.

„Wenn er nur nicht immer um jeden Preis gewinnen wollte!", seufzte Saphira.

„Ich hab eigentlich gar keine Lust", meinte Stella niedergeschlagen. „Aber da er unser Freund ist, sollten wir ihn wohl unterstützen."

„Hast du schon Schüler gefunden, die zum

Malen kommen wollen?", fragte Wolke Sturmwind.

„Ja, ganz viele wollen mitmachen! Zehn Namen stehen auf meiner Liste!", antwortete er stolz. „Sieh nur, da kommen zwei meiner Helfer!"

Zwei Viertklässler kamen über die Mondscheinwiese auf sie zugetrabt.

„Hallo, Sturmwind", sagte der Größere von beiden. „Silberblitz und ich schaffen es am Donnerstag doch nicht. Ist das schlimm?"

Sturmwind sah enttäuscht aus. Aber er antwortete tapfer: „Ist schon in Ordnung."

Der Viertklässler zuckte mit den Schultern. „Tut mir leid. Aber es hat sich noch ein Termin ergeben, den wir nicht verpassen dürfen. Das verstehst du doch, oder? Bis dann."

Am Donnerstag kam Wolke schon früh in den Kunstsaal. Sie sah sich die großen Banner und Fahnen und die Farbtöpfe an, die überall auf den Tischen standen und lagen.

„Sturmwind, das sieht wunderschön aus!", rief sie entzückt.

Sturmwind pustete sich die Mähne aus den Augen und sah sie erfreut an. „Leider haben noch ein paar Helfer abgesagt", meinte er entschuldigend. „Aber immerhin wollen noch sechs Schüler kommen. Such dir doch einfach Farben aus. Wenn du magst, kannst du schon mal anfangen."

Wolke beschloss, ein langes Banner zu bemalen. Sie liebte es, wie die Banner im Wind flatterten. Also begann sie, das Banner in den

Farben des Regenbogenhauses auszumalen, indem sie mit ihrem Horn darüberstrich.

Fünfzehn Minuten waren bereits vergangen, aber es kam niemand mehr. Sturmwind lief immer wieder zur Tür des Kunstsaales und sah unruhig hinaus in den Gang. Wolke blickte von ihrem Banner auf.

„Sie kommen bestimmt gleich“, hoffte Sturmwind, während er zum fünften Mal zur Tür hinaussah.

Wolke fing allmählich an, sich zu ärgern. „Sie haben versprochen, dass sie kommen“, meinte sie. „Ich hab vorhin noch mit Topas gesprochen. Wo bleiben sie nur?“

Sturmwind scharrte mit den Hufen. „Wahrscheinlich ist irgendetwas anderes wichtiger“, meinte er entschuldigend.

Wolke schnaubte empört. „Du bist viel zu nachsichtig mit ihnen! Das hier ist auch wichtig! Außerdem haben sie es versprochen!“

Sturmwind ließ den Kopf immer tiefer hängen, je später es wurde. Es war immer noch niemand im Kunstsaal erschienen. Wolke litt mit ihrem Freund, der so enttäuscht war.

„Komm her zu mir“, sagte sie aufmunternd. „Wir brauchen doch überhaupt niemanden. Das hier können wir auch alleine machen. Ich habe gerade mein Banner fertig gemalt. Dann können wir jetzt gemeinsam eine große Fahne verzieren.“

Sturmwind folgte Wolke mit einem Seufzen zu dem Tisch mit den großen Fahnen. Dann richtete er sein Horn auf einen Eimer mit blauer Farbe. Allerdings machte er anschließend eine so ungeschickte Bewegung mit dem Kopf, dass ein Farbklecks über ihre Köpfe segelte und dann auf den Boden klatschte.

„Hoppla!“, lachte Wolke.

Aber Sturmwind fand das überhaupt nicht

lustig. „Ich bin echt zu nichts zu gebrauchen“, murmelte er traurig. „Ich schaffe es nicht einmal, andere Schüler für eine Malstunde zu begeistern. Schau doch nur, wie selbstverständlich du und Mondstrahl Medaillen und Übungsstunden organisiert. Ihr könnt das so gut wie Dora.“

Wolke stupste Sturmwind aufmunternd an. „Sei nicht so hart zu dir selbst“, meinte sie. „Jetzt bemalen wir einfach mal diese Fahne, ja?“

Aber Sturmwind war zu durcheinander, um sich zu konzentrieren. Wolke gab ihr Bestes, aber Sturmwind kleckste dauernd mit den Farben herum.

„Hilfe!“, rief Sturmwind, als er über einen großen Topf mit Glitzer stolperte. Funkelnder Silberstaub ergoss sich wie ein Sternenregen auf den Boden. „Schau nur, was ich jetzt schon wieder angestellt habe!“,

rief er erschrocken. „Wolke, es tut mir so leid!“

Wolke beschloss, dass es jetzt wirklich höchste Zeit war, Hilfe zu holen.

„Ich suche nach freiwilligen Helfern, während du hier sauber machst“, antwortete sie entschlossen. „Wir brauchen nur drei oder vier andere Einhörner. Ich bin gleich wieder zurück.“

Sturmwind begann Ordnung zu schaffen, während Wolke in den Gang hinaustrabte.

„Hallo!“, rief Wolke. „Ist hier irgendjemand vom Regenbogenhaus? Wir brauchen ein paar Freiwillige, die uns mit den Fahnen fürs Sportfest helfen! Hallo?“

Im Vorbeilaufen steckte sie ihre Nase in die verschiedenen Räume, aber niemand war zu sehen. In der Bibliothek entdeckte sie zwar zwei Einhornschüler, aber die gehörten zum Mondhaus.

Entmutigt machte sich Wolke auf den Weg

zurück zum Kunstsaal. Was sollte sie nur dem armen Sturmwind sagen?

Als sie am Eingang vorbeikam, sah sie Dora mit vier Freunden.

„Dora!“ Wolke eilte hinüber zum Hausvorstand. „Ich bin ja so froh, dass ich dich gefunden habe! Zu Sturmwinds Mal-Termin ist niemand gekommen, und wir haben bisher kaum was geschafft und ich weiß nicht, was ich noch tun soll!“

„Wir können euch helfen“, antwortete Dora. „Oder?“ Sie sah ihre Freunde an, die alle zustimmend nickten.

Wolke war so erleichtert. „Vielen Dank! Wir sind im Kunstsaal. Sturmwind wird sich sehr freuen, wenn er hört, dass ihr uns unterstützen wollt.“

Sturmwind hatte den Glitzerstaub weggeputzt und malte gerade ungeschickt eine Ecke der großen Fahne aus, als Wolke mit den anderen hereinkam. Seine besorgte Miene entspannte sich, als er Dora sah.

„Ich bin euch echt dankbar“, stammelte er, als sich Dora und ihre Freunde an die Arbeit machten. „Tut mir leid, dass ich das vermasselt habe.“

„Mach dir keine Sorgen deswegen“, antwortete Dora. Geschickt nahm sie mit ihrem Horn gelbe Farbe auf und malte einen wunderschönen Regenbogen auf ihre Fahne. „Wenn wir alle zusammen helfen, schaffen wir das ganz schnell.“

Die nächste Stunde verging in einem Wirbel aus Geplauder, Gelächter und viel Farbe. Wolke konnte gar nicht glauben, wie schnell die Fähnchen fertig wurden. Bald hatten sie zehn Banner, sechs große Fahnen und zwanzig kleine Fähnchen in bunten Regenbogenfarben bemalt.

Nachdem die Fünftklässler gegangen

waren, räumten Wolke und Sturmwind noch auf. Rasch waren die Farbtöpfe wieder im Schrank, der Fußboden gekehrt und alle Banner und Fahnen zum Trocknen ausgebreitet.

„Ich bin am Verhungern", stöhnte Sturmwind. „Komm schon! Wir sind gerade rechtzeitig fürs Abendessen!"

Sturmwind galoppierte los. Da Wolkes Beine viel kürzer waren, verlor sie ihn schnell aus den Augen. Als sie gerade durch den Torbogen zur Mondscheinwiese lief, stieß sie beinahe mit Topas zusammen. Offensichtlich kam sie gerade mit zwei Freundinnen vom Strand. Ihre Hufe und Beine waren noch mit nassem, funkelndem Sand bedeckt.

„Topas!", rief Wolke. „Wir haben im Kunstsaal auf euch gewartet! Was war denn los?"

„Oh, hallo, Wolke", antwortete Topas. „Die anderen wollten spazieren gehen und es war so ein schöner Nachmittag, da hab ich eben meine Pläne geändert. Sturmwind hat es bestimmt nichts ausgemacht."

Wolke spürte Ärger in sich aufsteigen, als Topas mit ihren Freundinnen kichernd davontrabte. Es hatte Sturmwind eben doch etwas ausgemacht. Und zwar eine ganze Menge.

6

Die nächsten drei Wochen vergingen wie im Flug. Im einen Moment waren sie noch fleißig am Lernen und im nächsten Augenblick verschickten sie schon die Einladungen fürs Sportfest an ihre Eltern. Und dann war auch schon die Woche des Sportfestes da.

Am Freitag, dem Vortag des Festes, konnte sich Wolke gar nicht mehr konzentrieren. Irgendwann im Laufe des Tages würden die Medaillen eintreffen. Je später es wurde, umso nervöser wurde Wolke. Was, wenn sie erst sehr spät kamen? Was, wenn sie überhaupt nicht geliefert wurden?

„Sie kommen ganz bestimmt“, versicherte

ihr Sturmwind. „Du machst dir zu viele Gedanken."

Wolke brachte beim Mittagessen keinen Bissen hinunter. Jedes Mal, wenn ein Elf auf die Mondscheinwiese geeilt kam, sprang sie auf für den Fall, dass ihr heiß ersehntes Päckchen endlich gebracht wurde.

„Hey!", beschwerte sich Mondstrahl. „Du rempelst mich dauernd an, Wolke! Wie soll ich da in Ruhe essen?"

Wolke hätte gerne zurückgeschimpft. Aber das hatte keinen Sinn. Mondstrahl war seit Wochen selbst schrecklich kribbelig. Wenn sie jetzt noch einen Streit mit ihm anfing, würde ihn das nur noch nervöser machen. Allmählich wünschte sich Wolke, das Sportfest mit seiner ganzen Aufregung wäre schon vorbei.

„Ich kann sowieso nichts essen. Ich lauf mal zur Elfenpost", verkündete sie.

Stella stöhnte auf.

„Schon wieder?“, fragte Saphira.

„Nur für den Fall …“, rechtfertigte sich Wolke.

„Du weißt doch, dass dich ein Elf sofort benachrichtigen wird, sobald sie da sind“, rief ihr Sturmwind hinterher, als sie den Tisch verließ. Aber Wolke hörte nicht hin, sondern trabte zur Elfenpost. Das Paket würde ganz bald kommen. Es musste einfach!

Der Elf in der Post seufzte, als er Wolke mit hoffnungsvollem Gesichtsausdruck in der Tür stehen sah.

„Du schon wieder?“, fragte er. „Ich fürchte, wir haben immer noch kein Paket für dich. Tut mir leid.“

Niedergeschlagen kehrte Wolke zu ihren Freunden zurück. Sie hätte niemals gedacht, dass die Pflichten eines Hausvorstandes so aufreibend waren.

Vielleicht bin ich für diese Aufgabe doch nicht geeignet, dachte sie kläglich.

„Kopf hoch!“, sagte Saphira und stupste Wolke aufmunternd an. „Denk dran, das Sportfest soll Spaß machen!“

„Es wird überhaupt keinen Spaß machen,

wenn es keine Medaillen gibt“, widersprach Wolke erschöpft.

„Wer kommt mit zur Flugheide?“, fragte Mondstrahl. „Wir könnten vor dem Flugunterricht noch ein bisschen trainieren!“

„Mondstrahl!“, stöhnten alle auf.

„Wir haben wirklich genug geübt!“, rief Stella.

„Was?“, fragte Mondstrahl beleidigt. „Ich will doch nur, dass das Regenbogenhaus in allen Wettbewerben gewinnt. Das ist die Aufgabe eines Hausvorstandes.“

„Da gehört aber noch mehr dazu“, erinnerte ihn Sturmwind ernst. „Weißt du nicht mehr, was Dora sonst noch alles gesagt hat?“

„Wollt ihr, dass das Regenbogenhaus gewinnt, oder nicht?“, fragte Mondstrahl herausfordernd.

Also liefen Wolke und ihre Freunde ein paar lustlose Runden auf der Flugheide, um

Mondstrahl bei Laune zu halten. Wolke war richtig erleichtert, als Atlas, ihr Fluglehrer, und der Rest der Klasse zum Unterricht kamen.

„Heute ist ein bisschen Spaß angesagt", verkündete Atlas mit einem Lächeln. „Ihr habt so hart fürs Sportfest geübt. Deshalb dürft ihr in dieser Stunde mal das tun, wozu ihr Lust habt. Und los!"

„Es ist so eine Erleichterung, dass wir heute mal nicht um die Wette laufen und fliegen müssen!", freute sich Saphira und beschloss gemeinsam mit Wolke, das Landen zu üben.

Wolke wusste genau, was Saphira meinte. Sie sah hinüber zu Mondstrahl, der am Himmel auf und ab raste. Sogar aus der Entfernung konnte sie an seinem Gesichtsausdruck ablesen, wie sehr er sich konzentrierte.

„Mondstrahl ist anscheinend anderer Meinung", erwiderte sie mit einem Seufzen.

Am Ende der Stunde war es Wolke tatsächlich gelungen, ihre Landungen zu verbessern. Außerdem hatte sie beinahe vergessen, dass die Medaillen immer noch nicht da waren. Aber als ein Elf über die Heide auf die Klasse zueilte, begann ihr Herz zu rasen.

„Dringendes Paket für Wolke!“, verkündete der Elf. „Es wurde direkt in deinen Stall geliefert.“

„Na also!“, rief Sturmwind, als Wolke vor Freude aufjauchzte. „Ich hab ja gesagt, dass alles in Ordnung ist!“

Sobald Atlas den Unterricht beendet hatte, flog Wolke in ihren Stall. Stella und Saphira begleiteten sie.

„Das ist wirklich aufregend!“, meinte Stella, als Wolke die Verpackung hastig mit dem Horn aufriss. „Wie Geburtstag!“

Wolke stupste die Schachtel vorsichtig auf und ließ die Medaillen sanft herausgleiten.

„Sie sehen toll aus!“, rief sie glücklich.

Und das taten sie wirklich. Wolke hatte sich letztendlich doch nur für eine Vorlage entschieden: die mit dem sich aufbäumenden Einhorn. Sie zählte die Medaillen mit ihren farbigen Bändern sorgfältig und verglich das Ergebnis mit ihrer Liste.

„Siebzehn goldene, fünfzehn silberne und neunzehn bronzefarbene“, murmelte sie konzentriert.

„Irgendetwas stimmt da nicht“, wunderte sich Saphira. „Wolltest du nicht von jeder Farbe die gleiche Anzahl bestellen?“

Wolke starrte ungläubig auf ihre Liste. Ihr Herz sank ihr bis hinunter in die Hufe.

„Das ist alles ganz falsch!“, rief sie entsetzt. „Ich hab zu viele bronzefarbene und nicht genug silberne bestellt!“

Wolke durchstöberte die Schachtel auf der Suche nach Medaillen, die sie vielleicht übersehen hatte. Aber da war nichts.

„Was soll ich nur tun?“, stöhnte Wolke.

„Kannst du nicht noch welche bestellen?“, fragte Saphira.

Wolke fühlte sich ganz schrecklich. Verzweifelt schüttelte sie den Kopf. „Dafür ist es viel zu spät.“

Doch dann wurde ihr wieder klar, wie sehr sie Doras Lehrling werden wollte, und sie verspürte, wie ihre alte Entschlossenheit zurückkehrte. „Irgendwie muss ich aus den überzähligen bronzefarbenen Medaillen silberne machen“, überlegte sie krampfhaft.

„Kann ich dir irgendwie helfen?“, fragte Stella, als sich Wolke die zwei überzähligen Bronzemedaillen um den Hals hängte.

„Danke, aber das muss ich alleine erledigen“, erklärte Wolke. „Ich lauf jetzt mal in den Kunstsaal. Wir sehen uns später.“

Wolke flog aus dem Stall und schoss im Sturzflug hinunter zur Erde. Vielleicht konnte sie die Medaillen im Kunstsaal irgendwie bearbeiten. Sie hatte dort silberne Farbe gesehen, als sie mit Sturmwind die Fahnen bemalt hatte.

Aber ihr Plan ging leider nicht auf. Obwohl Wolke die Bronzemedaillen sorgfältig bemalte, glänzte die Silberfarbe nicht richtig. Seufzend wusch Wolke die Farbe wieder ab. Sie sah sich um, auf der Suche nach einer besseren Lösung. Da fiel ihr Blick auf eine Rolle mit glänzender Silberfolie, die in der Ecke stand. Vorsichtig riss sie mit den Zähnen ein Stück ab. Dann wickelte sie eine Medaille darin ein und strich die Folie, so gut es ging, glatt. Das sah noch schlimmer aus als mit der Silberfarbe.

„Wolke?“

Saphira und Stella standen in der Tür. Wolke hatte sich noch nie so gefreut, ihre Freundinnen zu sehen.

„Ich schaffe das nicht alleine“, gestand

sie kleinlaut. „Ich brauche eure Hilfe. Habt ihr irgendeine Idee?“

„Vielleicht könntest du ja doch mehr Medaillen beim Medaillenmacher bestellen“, meinte Stella, als sie ins Zimmer kam.

„Dafür ist es zu spät ...“, begann Wolke.

„Könntest du den Einhörnern, die einen

zweiten Platz belegen, nicht morgen irgendetwas anderes überreichen?", wurde sie von Saphira unterbrochen. „Du könntest ihnen ja sagen, dass ihre Medaillen schon unterwegs sind."

„Aber was könnte ich ihnen morgen geben?", fragte Wolke verzweifelt.

Saphira trabte hinüber zum Schrank und sah hinein. „Hier muss irgendwo ein silbernes Band sein", sagte sie. „Ich habe es neulich im Kunstunterricht gesehen. Wir könnten doch die bronzefarbenen Bänder an den Bronzemedaillen durch eine silberne Schleife ersetzen, dann würden sie wenigstens ein bisschen anders aussehen."

Wolke schöpfte wieder Hoffnung. Das war wirklich eine gute Idee von Saphira.

„Hier ist es!" Saphira hatte das silberne Band gefunden und rollte es mit dem Maul aus. Es war wunderschön!

Rasch schnitten Wolke und ihre Freundinnen zwei Stücke davon ab. Dann zogen sie die Bronzeschleifen aus den beiden überzähligen Medaillen und fädelten vorsichtig die neuen Bänder ein.

„Wartet mal!", rief Saphira plötzlich. „Ich hab noch eine Idee! Wir können die Silberschleifen verzaubern, sodass sie richtig schön funkeln!"

Sie trat an den Tisch und berührte die Silberbänder mit ihrem Horn. Die Luft knisterte magisch und ein Sternenregen fiel auf die Bänder nieder. Daraufhin glitzerten sie wie von einem Feuer erleuchtet.

„Sie sehen wunderschön aus, Saphira!", rief Wolke dankbar. „Jetzt sind es auf jeden Fall tolle Preise, egal welche Farbe die Medaillen haben. Vielen Dank!“

Die Medaillen sahen großartig aus. Aber trotzdem war Wolke tief in ihrem Inneren sehr traurig. Nun würde sie auf keinen Fall Doras Lehrling werden.

7

Am Tag des Sportfestes war das Wetter perfekt, mit einem leichten Wind und viel Sonnenschein. Nach dem Frühstück, das aus einem Festmahl aus Klee und Haferbrei bestanden hatte, galoppierten die Einhornschüler aufgeregt zur Flugheide.

An allen Seiten der Flugheide flatterten Banner und Fahnen stolz im Wind. Die Schüler vom Sonnenhaus hatten eine riesige runde Fahne verzaubert, sodass sie golden funkelnde Strahlen aussandte, wie eine echte Sonne. Auf den Flaggen des Mondhauses waren silberne Halbmonde abgebildet, während die Banner vom Sternenhaus glitzerten und funkelten wie ein Nachthimmel. Die Fahnen des Regenbogenhauses leuchteten in Rot, Gelb, Orange, Blau, Grün und Lila.

„Unsere Fahnen sind toll!“, rief Stella begeistert.

„Regenbogenhaus vor!“, brüllte Mondstrahl.

Wolke machte vor Freude einen Luftsprung.

„Alle aufstellen für die Hausabzeichen!“, hörten sie Dora rufen.

Fünf Elfen flochten Bänder in allen Regenbogenfarben in die Schweife der Regenbogenhaus-Schüler. Während Wolke sich anstellte, konnte sie beobachten, wie Elfen bei den anderen Häusern eifrig goldene, silberne und glitzernde Bänder einflochten.

„Wie schön!“, jubelte Saphira. Sie drehte sich um sich selbst, um die bunte Schleife in ihrem Schweif bewundern zu können. „Die lass ich die ganze Woche drin!“

Wolke stupste Sturmwind an. „Schau doch mal zum Himmel!“, jauchzte sie.

Hunderte von Einhörnern schossen durch die Luft und landeten auf der Flugheide.

„Dort ist meine Mama!“, freute sich Saphira und galoppierte davon.

Wolke reckte den Hals. Sie konnte die Menge kaum überblicken, weil sie selbst so klein war. Aber sie wusste, dass ihre Eltern kommen würden, und konnte es kaum erwarten, sie wiederzusehen!

„Kommen deine Eltern auch, Stella?“, fragte Sturmwind.

Stellas Eltern waren die berühmten Schauspieler Silberwind und Aurelia. „Nein“, antwortete Stella mit Bedauern. „Sie sind auf Tournee. Aber ich habe heute früh einen Brief von ihnen bekommen, in dem sie mir viel Glück wünschen. Darum bin ich nicht ganz so traurig.“

Plötzlich verstummte das Stimmengewirr auf der Heide. Wolke hörte, wie jemand feierlich sagte: „Der König und die Königin sind da!"

Alle drängten zu der Stelle, an der Mondstrahls königliche Eltern standen. Wolke freute sich für ihren Freund. Wie Stella sah auch Mondstrahl seine Eltern nur selten. Durch die Menge erhaschte sie einen Blick auf das prächtige goldene Horn von Mondstrahls Vater, dem König von Arkadia. Aber dann vergaß sie König und Königin mit einem Schlag. Denn jemand viel Wichtigeres war gerade angekommen!

„Mama! Papa!", jauchzte Wolke. Glücklich schmiegte sie sich an ihre Eltern. „Ich freu mich so, dass ihr da seid! Ihr seid gerade rechtzeitig hier. Bald geht es los! Feuert mich bitte ganz fest an, wenn ich an der Reihe bin!"

Die Stimme von Atlas dröhnte über die Flugheide. „Bitte alle auf ihre Plätze! Die Rennen beginnen in Kürze!“

Die ersten drei Kategorien – Wettrennen, Formationsflug und Flugstaffel – wurden von Schülern des Regenbogenhauses gewonnen.

„Regenbogenhaus vor!“, jubelte Wolke und hüpfte neben ihren Eltern auf und ab, während sie ihren Kameraden bei der Flugstaffel zusah. Die Fahnen des Regenbogenhauses flatterten fröhlich in der Luft.

„Anscheinend hatte Mondstrahl doch recht damit gehabt, so hart mit uns zu trainieren“, stellte Stella zufrieden fest. „Mondstrahl, Mondstrahl!“

Doch beim Hindernislauf gab es ein Problem: Alle Teilnehmer bis auf einen sausten beim Ertönen des Signals los, schlängelten sich an den funkelnden Pfosten vorbei und sprangen über die Hindernisse aus Heuballen. Nur der letzte Teilnehmer spazierte gemütlich auf den ersten Pfosten zu und beschnüffelte ihn ausgiebig. Dann trottete er weiter und zupfte Heu aus dem ersten Hindernis. Lautes Gelächter erklang über der Heide.

„Es ist Linus!", rief Wolke, die den Drittklässler an seiner honiggelben Mähne erkannt hatte.

Als Linus unter schallendem Gelächter schließlich über die Ziellinie bummelte, hatte das nächste Rennen, der Staffellauf, bereits begonnen. Wolke galoppierte zu ihm hinüber.

„Was war denn los?", fragte sie besorgt. „Warum bist du nicht gelaufen?"

Linus hob mürrisch den Kopf. „Ich hatte Mondstrahls dauernde Sprüche vom Gewinnen so satt, dass ich absichtlich verlieren wollte, nur um ihn zu ärgern", erklärte er.

Wolke dachte bestürzt an Mondstrahl. „Das ist aber nicht sehr nett!", sagte sie vorwurfsvoll zu Linus.

Doch der zuckte nur die Schultern. „Tja, er war zu uns auch nicht nett." Damit lief er davon.

Wolke starrte ihm hinterher. Eine leise

Stimme in ihrem Kopf fragte, ob er vielleicht recht hatte.

Gedankenverloren trabte sie zu ihren Eltern zurück. Unterwegs kam sie an Stella und Saphira vorbei, die mit aneinandergebundenen Vorder- und Hinterbeinen zum Start hinkten. Gleich würde das Sechs-Beine-Rennen beginnen.

„Viel Glück!“, rief sie ihnen nach.

„Danke!“, erwiderte Saphira.

Lauter Jubel brandete auf. Das Mondhaus hatte den Staffellauf gewonnen und das Regenbogenhaus war Zweiter geworden.

Der Rest des Tages verging wie im Flug. Saphira und Stella wurden beim Sechs-Beine-Rennen Dritte. Beim Wettfliegen gab es zuerst einen Fehlstart, weil zwei Einhörner zu früh losgelaufen waren. Mondstrahl belegte dabei den dritten Platz. Sturmwind schleuderte beim Hufeisenwerfen sein Hufeisen so weit, dass es in dem Gestrüpp verschwand, das die Flugheide am anderen Ende zum Dornenwald hin abgrenzte. Damit war er mit Abstand der Beste.

Schließlich war es Zeit für Wolkes Kategorie: den Eierlauf.

„Du wirst das sicher gut machen", sprach ihr ihre Mutter Mut zu.

„Und wenn es nicht so gut läuft, ist es auch nicht schlimm. Schließlich geht es nicht nur ums Gewinnen. Man soll sein Bestes geben und Spaß haben dabei", fügte ihr Vater hinzu.

Wolke lächelte ihren Eltern nervös zu. Dann trabte sie zum Start und holte sich ihr Ei und den Teller.

„Auf die Plätze! Fertig! Los!", gab Atlas das Signal.

Wolke lief, so ruhig sie konnte, und versuchte, an alles zu denken, was sie in den Übungsstunden gelernt hatte. Sie hörte, wie ihr Ei auf dem Teller hin und her rollte, ließ sich aber davon nicht aus der Ruhe bringen. Vier Einhörner überholten sie. Aber Wolke lief konzentriert weiter und hielt den Blick zu Boden gesenkt. Sie hörte, wie hinter ihr Teller und Eier zerbrachen. Schließlich überquerte Wolke als Fünfte die Ziellinie, mit Ei und Teller auf dem Rücken.

„Sehr gut!“, lobte Stella, als Wolke stolz zu ihren Freunden zurückkehrte.

„Mein ganzes Bein ist voller Eigelb“, jammerte Saphira.

„Ich dachte schon, du würdest nach der Ziellinie einfach weitermarschieren, weil du dich so fest konzentriert hast, Wolke“, sagte Sturmwind mit einem Lächeln.

Wolke lachte. „Mama, Papa, zum Abschluss gibt es noch ein Spiel. Man muss dabei zu Musik tanzen, und wenn die Musik stoppt, muss man still wie eine Statue stehen bleiben. Dabei scheiden dann jeweils diejenigen aus, die sich trotzdem bewegen. Das wird bestimmt ein großer Spaß. Wollt ihr mitmachen?“

Gemeinsam liefen sie alle hinüber zum

letzten Programmpunkt des Tages. Wolke musste kichern, als sie sah, dass der König und die Königin von Arkadia mitmachten und in der Menge tanzten. Offensichtlich hatten auch sie ihren Spaß daran.

Wolke gelang es, sich so sehr zu konzentrieren, dass sie durchhielt, bis außer ihr nur noch ihre Mutter übrig war. Doch dann musste sie niesen und war damit ausgeschieden.

„Gut gemacht“, lobte ihre Mutter. Sie hatte das Spiel gewonnen und verbeugte sich als Siegerin stolz vor der Menge.

8

Und jetzt war es so weit: Die Medaillen wurden überreicht. Wolke bekam einen Riesenschreck, als sie merkte, dass sie keine Gelegenheit mehr haben würde, die bronzenen Silbermedaillen zu erklären, wenn sie es nicht gleich täte. Sie hatte Angst davor, Dora alles zu beichten, aber sie hatte keine Wahl.

Als sich das Trihorn und die vier Hausvorstände zur Siegerehrung versammelten, lief Wolke nervös zu Dora.

„Ich habe zu viele Bronzemedaillen und zu wenig Silbermedaillen bestellt", gestand sie hastig. Aber ich habe die überzähligen Bronzemedaillen mit Silberbändern geschmückt und Saphira hat die Bänder verzaubert, sodass sie schön schimmern. Ich weiß, dass das nicht dasselbe ist wie eine Silbermedaille, aber ich hoffe, dass es für heute in Ordnung ist. Ich hab die fehlenden Silbermedaillen bereits nachbestellt, aber sie werden erst nächste Woche geliefert. Es tut mir wirklich leid!“

„Das klingt nach einer sehr guten Lösung“, erwiderte Dora. „Schauen wir doch mal, was die Gewinner dazu sagen.“

Das Trihorn stampfte mit seinem goldenen Huf auf und sofort wurden alle ruhig. Unruhig lief Wolke zu ihren Eltern zurück, um mit ihnen die Siegerehrung anzusehen.

Nacheinander wurden die Medaillen überreicht: Gold, Silber, Bronze. Stella und Saphira freuten sich über ihre Bronzemedaille fürs Sechs-Beine-Rennen und Sturmwind über seine Goldmedaille im Hufeisenwerfen. Zu Wolkes Überraschung schien auch Mondstrahl mit seiner Bronzemedaille fürs Wettfliegen zufrieden zu sein. Normalerweise hatte er schlechte Laune, wenn er nicht Erster war.

„Ich wurde von zwei Sechstklässlern geschlagen", erklärte Mondstrahl seine Haltung. „Das heißt, dass ich abgesehen von den beiden Sechsklässlern der beste Flieger in der Schule bin. Das ist für mich ein sehr gutes Ergebnis."

Die letzten Medaillen, die überreicht wurden, gingen an die Gewinner des Eierlaufs und des Tanzspiels.

„Wolke, das heißt, dass du selbst eine Bronzemedaille mit Silberband bekommst!", rief Sturmwind.

„Das ist mir noch gar nicht aufgefallen!", antwortete Wolke. Sie war erleichtert, dass sie eine dieser Medaillen selbst bekommen würde. Denn ihr würde es überhaupt nichts ausmachen, eine Woche auf die richtige Medaille zu warten. „Mama, komm mit. Du hast eine Goldmedaille gewonnen!“

„Oh!“, freute sich Wolkes Mama. „Ich hab’s wirklich geschafft!“

Während Wolke hinter ihrer Mutter wartete, beobachtete sie, wie Topas vom Regenbogenhaus für ihren zweiten Platz beim Eierlauf die andere Bronzemedaille mit dem Silberband bekam. Sie begegnete Wolke auf den Stufen zur Bühne und bedankte sich atemlos. „Ich finde die Schleife ganz toll! Dora hat mir von der Verwechslung erzählt. Sobald ich die richtige Silbermedaille bekommen habe, werde ich dieses ganz besondere Band einfädeln!“

Wolke war erleichtert. Mit einem Lächeln stieg sie auf die Bühne und neigte den Kopf, um ihre Medaille überreicht zu bekommen.

„Gut gemacht, Wolke!“, lobte das Trihorn.

„Dora hat mir erzählt, wie du das Problem mit den Medaillen gelöst hast. Ich finde, du hast das ganz richtig gemacht.“

Stolz ging Wolke zu ihrem Platz zurück. Sie würde vielleicht nicht Doras Lehrling werden, aber die lobenden Worte des Trihorns würde sie nie vergessen.

„Die letzte Auszeichnung geht an das Haus mit den meisten Medaillen“, verkündete das Trihorn. „Und ich freue mich, euch mitteilen zu dürfen, dass diese Ehre in diesem Jahr an … das Regenbogenhaus geht!“

Wolke und ihre Freunde jubelten und stampften, als das Trihorn einen durchsichtigen Edelstein an einem einfachen Band vom Tisch nahm und Dora um den Hals hängte. Im selben Moment fing die Schleife an zu glänzen und der Edelstein leuchtete und funkelte in allen Regenbogenfarben.

„Jetzt gibt es ein Festessen für alle Schüler und ihre Eltern“, kündigte das Trihorn mit erhobener Stimme an. „Wenn ihr euch nun bitte alle zur Mondscheinwiese begebt, dann werden euch die Elfen eure Plätze zeigen. Die Hausvorstände und ihre Lehrlinge bitte ich noch einen Moment zu mir. Vielen Dank und euch allen einen schönen Abend!“

„Viel Glück“, raunte Saphira ihrer Freundin Wolke zu.

„Ich werde es bestimmt nicht“, wehrte Wolke ab. „Aber trotzdem danke.“

„Man weiß nie …“, rief Stella lachend.

Wolke verabredete mit ihren Eltern, wo sie sich auf der Mondscheinwiese wieder treffen würden. Dann trabte sie mit Sturmwind und Mondstrahl zu Dora.

Dora lächelte ihnen entgegen. „Was meint ihr denn selbst? Wie habt ihr eure Aufgaben gemeistert?“, fragte sie die drei.

„Hervorragend!“, verkündete Mondstrahl. „Schließlich haben wir die meisten Medaillen gewonnen!“

„Du hast alles bestens organisiert“, stimmte ihm Dora zu. „Aber ich habe das Gefühl, du hast nicht mehr an den Rest gedacht, den ich euch auch noch aufgetragen habe. Wenn du für deine Mitschüler ein bisschen mehr Verständnis aufgebracht hättest, hättest du noch bessere Ergebnisse erzielen können."

Mondstrahl schaute sie erst erstaunt, dann verlegen an. Dann wandte sich Dora Sturmwind zu.

„Ich hätte das mit dem Bemalen der Fahnen besser organisieren müssen", gab Sturmwind mit einem Seufzen zu. „Ich habe das gar nicht gut gemacht."

„Bei dir ist das Problem genau umgekehrt", erklärte Dora mit einem Lächeln. „Alle mögen dich sehr, aber sie nehmen dich nicht ganz ernst. Siehst du das auch so?"

Betroffen nickte Sturmwind.

Dann sah Dora Wolke an. „Na, und was ist mit dir?"

„Ich hab das mit den Medaillen vermasselt", antwortete Wolke ehrlich. „Also habe ich meine Aufgabe nicht gut erfüllt."

„Was war deiner Meinung nach das Problem bei der Medaillenbestellung?“, fragte Dora nach.

Wolke überlegte. „Ich hätte die Liste jemandem zur Kontrolle zeigen sollen, ehe ich sie wegschickte“, meinte sie zögernd. „Ich hatte gedacht, es wäre besser, niemanden um Hilfe zu bitten. Aber inzwischen habe ich verstanden, dass es wichtiger gewesen wäre, die Aufgabe zufriedenstellend zu erfüllen, als unbedingt dein Lehrling werden zu wollen.“

„Da hast du recht“, stimmte ihr Dora zu. „Also, ich habe meine Entscheidung getroffen.“

Wolke, Sturmwind und Mondstrahl sahen sie erwartungsvoll an.

„Und ich habe mich entschieden für … Wolke!“

Wolke schnappte nach Luft. Hatte sie sich

gerade verhört? „Du willst m-m-mich?“, stammelte sie ungläubig. „A-aber ...“

„Du bringst genau die richtigen Fähigkeiten mit, Wolke“, erklärte Dora. „Du hast Sturmwind beim Malen geholfen. Und ich habe beobachtet, wie mitfühlend du das Einhorn getröstet hast, das bei Mondstrahls Übung für den Eierlauf weinen musste.“

Jetzt war es Mondstrahl, der betroffen nickte. „Dora hat recht“, gab er zu. „Du verdienst es mehr als ich.“

„Und auch mehr als ich“, stimmte Mondstrahl zu. „Gut gemacht, Wolke.“

„Aber was ist mit den Medaillen?“, stammelte Wolke.

„Du hast bei der Bestellung vielleicht einen Fehler gemacht, aber du hast einen Weg gefunden, das Problem zu lösen. Und du hast aus deinem Fehler gelernt. Das ist das Wichtigste überhaupt.“

Wolke wusste nicht, was sie sagen sollte. Würde sie wirklich nach Dora der nächste Hausvorstand werden?

„Ich freu mich für dich, Wolke", sagte Dora. Dann nahm sie ihren regenbogenfarbenen Edelstein ab und hängte ihn vorsichtig Wolke um. „Der gehört jetzt dir."

„Danke!", flüsterte Wolke und sah auf den Edelstein, der auf ihrer Brust funkelte.

Leseprobe

Linda Chapman
Sternenschweif
„Geheimnisvolle Verwandlung“

„Wohin soll ich das stellen?“, fragte Laura ihre Mutter, während sie mit einem großen Karton in den Armen in die Küche stolperte.

Ihre Mutter kniete inmitten von Umzugskisten auf dem Boden. „Stell ihn einfach irgendwohin, wo Platz ist“, antwortete sie.

Laura ging zum Küchentisch hinüber und stellte den Karton darauf ab. Genau in diesem Moment kam Max, ihr jüngerer Bruder, hereingestürmt. Buddy, sein zehn Wochen alter Berner Sennenhund, folgte ihm dicht auf den Fersen.

Der Welpe schlitterte über den Küchenboden, um Mrs Foster zu begrüßen – und landete mitten in einem hohen Stapel Geschirr auf dem Boden, den sie gerade erst ausgepackt hatte. Ein paar Teller fielen mit einem lauten Klirren herunter.

„Oh nein, Buddy“, stöhnte Mrs Foster.

„Er kann nichts dafür“, verteidigte Max den kleinen Hund. Er lief zu Buddy hinüber und nahm das schwarz-braune Knäuel auf den Arm. „Er hat es einfach noch nicht raus, wie man bremst.“

Mrs Foster lachte. „Warum geht ihr zwei nicht hinaus in den Garten?“, schlug sie vor. „Da kannst du Buddy zeigen, wie man bremst.“

Schnell liefen Max und Buddy in den sonnigen Aprilnachmittag hinaus.

„Pass auf, Max!“, rief Mr Foster über den Flur.

Laura drehte sich um und sah, dass die beiden auf ihrem Weg nach draußen beinahe zwei Männer von der Umzugsfirma umgerannt hätten.

Mr Foster, Lauras Vater, beaufsichtigte die Männer, die die Sachen vom Möbelwagen hereintrugen.

„Was soll ich jetzt machen?“, fragte Laura ihren Vater.

„Achtung! Aus dem Weg!“, übertönte einer der Männer die Antwort ihres Vaters.

Laura trat zur Seite, als der Mann den Computer ihres Vaters hereintrug. Mr Foster raufte sich die Haare. „Vielleicht ist es das Beste, wenn du nach oben gehst und die Sachen in deinem Zimmer auspackst, Liebes?“ Ohne ihre Antwort abzuwarten, eilte er hinter dem Mann mit dem Computer her. „Bitte seien Sie vorsichtig! Das ist ein ganz besonders empfindliches Stück!“

Laura grinste. Es war bestimmt eine gute Idee, in ihr Zimmer zu verschwinden.

Seltsam, dass die Farm nun ihr neues Zuhause war. Während sie die Treppe hinaufging, dachte Laura an Sally und Anna, ihre beiden besten Freundinnen in der Stadt. Was sie wohl gerade machten? Vielleicht spielten sie „Auf dem Reiterhof“ oder sie aßen die leckere Pizza, die Annas Mutter so gerne machte. Laura fragte sich, ob die beiden sie wohl auch vermissten.

Sie fühlte sich ein bisschen einsam, als sie über den Flur zu dem Zimmer am Ende des Ganges ging und die weiß gestrichene Holztür öffnete. Ihr neues Zimmer war klein und hatte eine Dachschräge. Sonnenlicht fiel durch ein kleines Fenster herein.

Laura stieg über die aufeinandergestapelten Umzugskartons und Koffer und setzte sich auf die Bank vor dem Fenster. In Gedanken versunken schaute sie hinaus. In der Ferne ragten die Gipfel der Berge majestätisch in den Himmel, aber Lauras Blick streifte sie nur. Dann richtete er sich auf etwas viel Näheres: den kleinen Stall und die Koppel direkt hinter dem Haus. Bei diesem Anblick fühlte sich Laura nicht länger allein. Was machte es schon, wenn sie noch keine neuen Freunde hier draußen auf dem Land hatte. Morgen würde sie ihr erstes eigenes Pony bekommen!

Möchtest du wissen, wie es weitergeht?
Dann frag deinen Buchhändler nach:
Sternenschweif – Geheimnisvolle Verwandlung
ISBN: 978-3-440-09901-8

Kleine Nixe Melina

Linda Chapman
Kleine Nixe Melina
Das Inselparadies ①
ISBN 978-3-440-11855-9

Die kleine Nixe Melina würde so gern die Nixeninsel erkunden, doch das ist allen Nixenkindern streng verboten. Mit ihren Freunden Pia, Paul und Fin wagt sie sich dennoch hinaus ins offene Meer – und bringt damit alle in große Gefahr. Ob Melina ihre Freunde retten kann?

Jeder Band
€/D 6,95
Preisänderung vorbehalten

Freunde durch dick und dünn ②
978-3-440-11856-6

Das große Nixenfest ③
978-3-440-12071-2

Ein Herz und eine Flosse ④
978-3-440-12072-9

Die Schatzsuche ⑤
978-3-440-12073-6

Melinas größter Wunsch ⑥
978-3-440-12074-3

Die Geburtstagsparty ⑦
978-3-440-12161-0

www.kosmos.de